大地之光
盖过所有的忧伤

鱼跃 著

上海人民出版社

写一首少一行就会崩塌的诗

如果少了这一行我就会迷失

——《父亲》

鱼　跃

原名孙海军，浙江慈溪人，生于1967年10月。中国作家协会会员，习诗数年，作品散见于各种文学类期刊，获过奖，并有作品入选于《中国年度诗选》《诗探索年度诗选》等，诗作结集有《鱼跃诗文集》（上海文汇出版社2014年）《备忘录》（现代出版社2016年），客居厦门。

目　录

序 / 刘立云　　　　　　　　　001

在途中　　　　　　　　　　001
方位　　　　　　　　　　　004
状态　　　　　　　　　　　006
窗外　　　　　　　　　　　007
香烟　　　　　　　　　　　009
永恒　　　　　　　　　　　010
散步　　　　　　　　　　　012
归鸟夜鸣　　　　　　　　　014
他走了　　　　　　　　　　015
在象山大岭后　　　　　　　017
父亲　　　　　　　　　　　023
无题　　　　　　　　　　　028
无话可说　　　　　　　　　029
午夜列车　　　　　　　　　032
回程　　　　　　　　　　　034
雨夜　　　　　　　　　　　035

距离　　　　　　　　　　　　037

那夜在乱礁洋　　　　　　　039

旅行在虚无的表面　　　　　041

黄山游记之一　　　　　　　048

在路上　　　　　　　　　　052

舜江边上的夜晚　　　　　　054

在夏天的林子里　　　　　　057

致少烟先生　　　　　　　　059

在紫荆港看桂花　　　　　　062

等待　　　　　　　　　　　063

春雨　　　　　　　　　　　065

在夜色之间的描述　　　　　066

那天早晨醒来　　　　　　　068

车过河姆渡　　　　　　　　069

优化之中　　　　　　　　　072

夜对着我　　　　　　　　　074

桃园居　　　　　　　　　　077

在盐城遇龙卷风　　　　　　081

我们都在飞翔　　　　　　　085

风雨中的海域　　　　　　　087

趵突泉　　　　　　　　　　091

老杨树 092

一座城市的声音 093

晚归途中 096

母亲的花 097

那里很远　很远 099

黑暗中的梦 101

在高岗 103

不可缺少 104

局部之光 105

在那棵树下 106

秋思 108

路线 111

俘虏 112

在月河坊 113

飘过有些无厘头的回忆 116

鸣鹤之声 119

在七月的小河边 120

圣诞手记 121

箜篌 125

老宅 127

手段 129

城市一角　　　　　　　　　　130

又是七月　　　　　　　　　　134

在初春的夜晚　　　　　　　　137

望海　　　　　　　　　　　　139

遇见　　　　　　　　　　　　141

石头在飞　　　　　　　　　　142

绿　　　　　　　　　　　　　145

精神回家记　　　　　　　　　147

后记　　　　　　　　　　　　154

序

刘立云 *

我不认识鱼跃，之前也没有读过鱼跃的诗。读完宁波作协主席荣荣女士热情推荐给我的这本《大地之光盖过所有的忧伤》诗集电子版，再读诗人的《后记》，我倒真想见见这个叫鱼跃的人，跟他讨论讨论他在这本诗集中提及的"精神回家"；还有，我们到底是否能，又怎样才能让"精神回家"？

鱼跃在《后记》中说，这是他的第三本诗集。我不知道这本诗集与他的前两本诗集是否一脉相承，但凭借我在阅读中注意到他零星透露的个人信息，我对他和他的诗歌，还是能勾勒出一个大致的轮廓来：鱼跃和我一样，曾经是个乡下人，生于20世纪60年代，亲身经历了那个年代中国乡村的贫穷、困顿和窘迫。改

---

* 刘立云，诗人，原《解放军文艺》主编。诗集《烧蓝》获第五届鲁迅文学奖。

革开放以后开始经商，一步一个脚印走过来，成为后来所说的农民企业家中的佼佼者。再后来，他举家进城，和城里人一样过上了富足体面的生活。不过，直到今天，虽然他戴上了老花镜，牙齿掉了，青春也掉了，但依然在生意场奔波，经常乘坐飞机往返于宁波、杭州和厦门等一些大的城市之间。

当然，仅凭这些，我跟鱼跃还是没有机会结缘。因为江浙一带成功的商人比比皆是，你乘坐每个航班、入住每家酒店都能碰到。鱼跃与众不同，别人是在商言商，他是在商言文，而且还乐此不疲，一本一本地写诗，做着与商人完全不是一个路子、一种思维方式的事情。而且，他写诗，绝不是用来附庸风雅、装饰门面，告诉人们他是儒商什么的，而是用诗随时随地记录自己的所思、所想，用诗来思考社会、思考时代、思考人生。或者说，他写诗，意在时刻提醒自己，既要做一个有良心、有操守、有德行的人，也要做一个有思想、有态度、有品位的人。就是这样，随着年岁增高，在匆忙而疲惫的旅途中，在独自静静地抽一支烟的间隙，他触景生情，抚躬自问，经常想一些哲人想的问题，发一些圣贤发的感叹。不敢说"仰无愧于天，俯无愧于地，行无愧于人，止无愧于心"，但他觉得起码应该活得更清醒一些，更明白一些。

打开鱼跃的这本诗集，开宗明义的第一首诗《在途中》，就让我们看见他拖着行李箱，面色沉郁，行步匆匆地出现在候机大厅。他把搭上从西雅图经停深圳飞往厦门的航班，看成是"一小段的囚禁之旅／带上我的肉身翱翔在天空"。两句诗一出，便见身份，见情绪和他的人生态度：别以为我是个壮心不已的人，其实我已经厌倦奔波，视旅途为囚途；在天上飞来飞去的，是我的肉身而非我的灵魂。可以说，现在我成为一个灵肉分离的人。正是在这种情绪和心态下，面对苍茫，他发出了隐含在诗集名字里的那种一生旅行在虚无表面的叹息："红尘那么远／我起伏的心那么飘"。在《香烟》一诗中，望着自己一缕缕吐在空中的烟雾，他两眼空空，心情凄迷地问自己："我不堪重负的肉身／要什么时候才肯幻化散去"？当他写下

《距离》这个题目，一点儿也不回避游移不定的世界投在心里的阴影："我知道太阳的光芒还在倾斜／它离我们越来越近／它离我们越来越远"。在舷窗眺望蓝天，俯视大地，他感到人生在世，是这样的不真实，这样的迷惘，不禁顿生伤感："宇宙中的一个人／寻找一个未来的世界／当银河系渐渐消失在我们头顶／我在这个黄昏飞翔／看另一个太阳在渐渐升起"。(《我们都在飞翔》)，当季节更替，秋日来临，看见大地的景色"绿在转红　红在转橙　橙又在转入一团焰火"，他在感叹"岁月像一把剔透的刀刃"之余，反求诸己："我要变成什么颜色——／人性本来又是什么颜色呢？"最后自己诚恳地回答："只因我的躯壳误入红尘／灵魂早被一个又一个的俗念荒疏"(《秋思》)面对自己经过辛勤奋斗，在城里购买的洋房、洋车，他也有一种亦真亦幻的感觉："我环绕在地球　要去哪里／深陷于这样的秘密／我所居住的地方／洋式房子　外国脸形的汽车／还有放在八仙桌上的西式面包／哦　我在太阳月亮下面／挨着大风　浪潮闪电——"又说："摇摇晃晃的世界／这一刻我显示的位置／在电信塔避雷针的右侧／我抬头斑马路的绿灯正在急闪／所属的信号　我无法对接左脑"，进而，宜将剩勇追穷寇，他对自己发出不回避和躲闪的追问：以我现在这个样子，还"能走多远　用什么样的速度／去安放我躯壳的一根肋骨"（《那里很远　很远》）。他襟怀坦白，对自己渺小和微乎其微的生命定位，在《晚归途中》表现得淋漓尽致：前方是灯红酒绿若明若暗的城市，他驾车从高架桥上下来，迎面接近古城墙，忽然感到自己一生的奔忙，是那样孤单，那样的无意义，心里止不住升起一股浮世如梦的苍凉："历史在我面前／我紧挨着它／掠过五百年的光景／前面的路，灯雨幻影／还有风从北方直灌而来／这个冬季／让我流出那么多的眼泪来"。

看得出来，鱼跃是性情中人，写诗随情所至，像他在生意场上那样当机立断，带着很强烈的主观色彩。或许他觉得形式并不重要，思想表达决定一切，因此对主题，结构，语言，采取能做到什么程度就什么程度的态度。但他的写作用心，诚实，冷峻，深厚，直抵时代和人们的心灵。我为他这样一个从乡村出来的商人和诗人，对现代社会有如此清晰和清醒的判断；对自己灵魂深处的阴暗和泥污，有如此坦荡的胸怀和如此鞭辟入里的批判意识，还有他对生命有如此悲悯的情怀，感到震惊和振奋，从心里不由自主地发出赞叹。我知道鱼跃这样写诗，不仅需要很大的勇气和信心，而且需要足够的道德力量、人格境界。他从诗中显露出来的思想锋芒和对社会及生命的庄严思考，是许多诗人也做不到的。

论说到这里，我要正襟危坐地谈谈比诗更重大的事物了。我是说，中国的现代化进程发展到鱼跃写下这些诗歌的今天，已经从工业化清晰地过渡到了后工业时代。后工业时代的特征是什么呢？是产能过剩，物质极大地丰富，人心高度涣散和浮动，社会和行业正发生巨大的道德滑坡和乱象。这么说吧，当我们建起了高楼、道路和工厂，却牺牲了环境；努力繁荣市场，搞活经济，却导致大面积贪污腐败，坑蒙拐骗；社会进入了多元化，许多人失去了信仰和做人的基本操守；有人确实富起来了，但两极分化严重等等，等等。到这个阶段，经济的上升通道遇到了前所未有的瓶颈，缺乏强劲的动力，中产阶层陷阱也初露端倪。像鱼跃这代生意人，在事业上可谓功成名就，但却身心俱疲，多少有点前程渺茫的感觉。因为他们钱见过了，世界闯过了，别墅豪车也不感到新鲜了；加上经济秩序越来越规范，社会竞争越来越厉害，市场的走向越来越难以把握；而且，父母愈发的苍老了，儿女或漂洋过海去留学，或开始接班了，他们忽然觉得形单影只，老之将至，有一种被围困，被取代的莫名恐慌和焦虑。就像他在《一座城市的声音》里写到的："……夕阳下　蚀骨的风／吹进城市　吹着行色匆匆的人们／我沿着河岸／凝视喑哑下来的万物／沙沙作响的树叶／还有哗哗荡漾的河水／它们与其他的声音交织在一起／我被困在那么多的声音里／不知何时才能出来"。基于此，他们格外怀念过去虽然贫寒但却宁静的日子，格外地想念当年创业的艰辛和欢乐，格外想补偿贫穷年代和创业时期对父辈和家人的亏欠。

在这本诗集里，此类诗作占了相当一部分，

情绪也最饱满，最见分量。比如在《飘过有些无厘头的回忆》里，写自己站在面目全非的故土上，忆念在此的奋斗历程："国营鞋厂　钟厂／北桥头的印染厂——／那时我们整天在这里厮混／小城的时代广场，梦想集中营／如今曾经深爱的事物都不在了／我祭奠逝去的岁月／辨认早已淡去的青春／心神恍惚　不知留下了什么"。同样的情景，也出现在《精神回家记》中："河岸上铁业社，阀门厂／万亩棉地，麦香，已无迹可寻／飞翔公司更名搬迁／一个新的方太已展翅高飞／这片圣土，略施粉黛／金线的阳光，雀跃不息"。当他回到故乡，站在曾经养育过自己的屋子前，深知自己的根，一个家族的根，已经深深地扎在这片曾经贫穷破败的土地上："许多隐藏的岁月／童年的回忆／只剩下　这祖宗留下的唯一遗产／一个蚁穴，一个蜂巢"。(《老宅》)他甚至怀疑，当年离故乡而去，很可能是一种错误，是对故乡的一种遗弃："那时候我选择离开，穿行在外／现在，我垂下头／在门前的梧桐树下放缓步子／面对新生活／然而旧梦无法挣脱"。

在相同怀旧的作品中，鱼跃下功夫最大，最偏爱的，是写父母的《父亲》和《母亲的花》两首诗。他在《后记》中说，写《父亲》这首诗，是他"作为一个儿子对早已离去的父亲多年积淀的情感，一种深深的追忆，终于获得了倾诉。因父亲走的时候我还只有十六岁，在漫长而艰辛的时间流程中，追思之念从未停止过，总想给父亲交代点什么，又不知如何才能更好地表达。终于在某一天，所谓功到自然成，'灵感'出现了，于是就很自然地倾泻到了纸上。"他还说，写完这首诗，他有一种被掏空的感觉，半年多不著一字。他怀疑，他在五年前毫无道理地迷上诗歌，很可能就是为了写这首诉说心灵之痛的诗。因为一吐为快，因为寄托了自己从十六岁开始积累的漫长思念和悲伤，还因为当年没有能力让父亲"不为那一点收入"而含辛茹苦，现在有能力让他过得好一点，舒服一点，他却躺在了荒凉的青草下，再也睁不开眼睛给自己的内心造成了无法医治的愧疚和疼痛，因此在写作这首诗的时候，他已经不是在倾诉，痛陈，而是割开心灵的血脉，让炽热的血尽情地奔流。正因为如此，他在诗里毋庸置疑地宣示：“哦　父亲　你随风而去　而我的思念／随风而至　一首诗／我在写一首追思的诗／写一首少一行就会崩塌的诗／如果少了这一行　我就会迷失”。再说《母亲的花》这首诗，因为母亲还活着，我们还有机会比如在母亲节来临时，给她送一束康乃馨，报答母亲给予我们的伟大而无私的爱。这首兼致天下母亲的诗，以送给母亲的花康乃馨进入，一上来就揭示时代在城乡之间造成的情感缝隙：“哦　康乃馨／你为何到今天才开／母亲　已是满头白发／／在她眼中的我依旧是个孩子／康乃馨　母亲也不知道此为何物／她说　这个五月咱家的田头马兰花又开了”。乡下的母亲当然不知道什么叫康乃馨，但她们比儿女们更历经沧桑，更感到故土难离，因为她们在这片土地上种了一辈子养家糊口的油菜花、棉花，但不幸的是，过去大片大片的油菜花地和棉花地，如今被“工业区覆盖了”，母亲们眷恋的“桃红柳绿的岁月远去了”。今天，我们奉献给母亲一束康乃馨，最终却成了永远填不满的乡愁！

有意思的是，作为压卷之作，鱼跃把用心用力写作的小长诗《精神回家记》，放在了诗集的最后。这种匠心独运的编排，不仅与开篇的《在途中》前后呼应，而且与整本诗集抒写的主题，即人们常说的精神返乡，形成一种严密的逻辑关系。诗人在诗里已经说得够清楚了：在过去的三四十年中，我们这个国家走过了连我们自己都感到无比惊奇的快速发展道路，但是，当我们试图沿着来路回头去安放自己的人生时，却发现我们已经回不去了；我们的精神世界尴尬地卡在了自相矛盾，左右为难，对自己的去与留，是与非，无法做出明确判断的模糊地带。当然，话说回来，既然我们的肉身回不去了，那么，就让我们的精神回家，或者说，干脆让我们来做一个回家的梦吧！无论怎么说，故乡对我们这些漂泊者，这些游子，是在我们头顶照耀的星宿，我们过去是，以后是，而且永远是她的孩子。

　　哪怕是虚无的表面的"精神回家"或"精神还乡"，对我们的诗人也都是一种强烈的心理渴盼。在另一首我认为更含蓄也更精致的名为

《回程》的诗中，我看到鱼跃的这颗回家的心，
是那么的急切，那么的迫不及待——

现在我就想着回去

过安检，托行囊

这是秋季，南方天空辽阔

没有受谁的指派

我注视周围流动的一切

我在云的天空翱翔

看见大地之光盖过所有的忧伤

一个漂泊者，他的老花镜上

有另一种声音，另一个世界

2018 年 7 月 20 日—25 日

北京朝阳区南沙滩 4 号院

在途中

一

在深圳　没去看惊艳的风景
我在听别人的规划与方向
借着去续一杯咖啡的间隙
离开火焰般的会场

这个陌生的城市
此刻正遇交通晚高峰
我的焦虑症被逼绕开红灯的路口
沿着村庄　河道　还有那座教堂

二

我的右手撑着一只中号拉杆箱
左肩扛着个 PRADA 大黑包

一个庞大的钢筋丛林

那机场如是一个陆地上的航母

我像其中一组的战队成员

在严格的审核　盘查中

——通过安检

其他的旅客也同样

他们各怀心事　等待离去

想着天空之旅的游戏

三

踏上云舱

是否已隔离了世俗纷扰

面对这架超级飞行器

我依旧无话可说

它从西雅图途经去厦门岛

这一小段的囚禁之旅

它带上我的肉身翱翔在天空

此时飞机遇上星星

掠过月亮中的城市

跨越银河时飞机放慢了速度

我祈祷夜空中的梦

红尘那么远

我起伏的心那么飘

方位

我始终认为只有向左
才是正确的
那为什么黄昏在右边
黑夜也在右边
包括那些阴谋和邪恶
都在右边发生

阳光透过
南山的尖顶　向右——
麦田　大海
还静止在左边
我从未见过
梧桐的右翼下有凤凰飞过
我侧坐在一块开运石上冥想

一个幻觉

曦光微露　流霞若飞　似凤似莺

那是左边呢，还是右边

状态

深夜　雨在滋滋地响
哦　车外又在下黑蝌蚪的雨

我的远光灯
扫过前方幽暗的空气

比雨声更密
是远处村庄的心跳

还要穿越多少夜色
才能到达我想去的地方

黑暗越来越重
蟾蜍的声音像雨声更急更响

窗外

清晨的一场雨刚下停
流水在哗哗入地
我看见这时的万物
正是温柔的时候
我在远行，想着返回原地

我梳理了一下涩涩的发梢
在笔挺的西装外
挂一条天空彩虹的领带
对着镜子辨认脸的气象
黑色不安的眼睛
那些许的愁云正在散去

我看见潮湿的空气中
浮动着一道道七色的神秘
辽阔的前方布满泡沫的暗影
这些事物被风吹着

与我复杂的内心交织一起

我需要纯洁透明的空气
我在叹息中回想过去的早晨
调整此时正探向窗外光明的头脑
归程是一条不规则弧形的线

香烟

轻轻地离开我的手指

蠕动，飘移

大地的清香

在腹内百转千回

缠住我不放　久久地

切入我的骨髓

无论烦恼还是快乐

吸它一口，时间就短一截

晨钟暮鼓，夹在指间

既唯物主义也唯心主义

而我不堪重负的肉身

要什么时候才肯幻化散去

永恒

一座城，在一张相片里
树木的街巷，云朵的亭台
我在镜头之外，俯于水边
你在桥上，阳光
洒满你白色的羽衣

我靠近你，就像靠近
停留在草坪上的一只鸽子
瞬间，你飞向蓝天
我来不及按下相机的快门
一切转瞬即逝
亭台斜倒，那桥已成残章

谁能攥住时光
谁能容颜不老
那透明光亮的一瞬
如同照见永恒——

初见，亦不再见

连同旧相片里的岁月

被埋在时光的底部

散步

城市在水域的一边
我在另一端对视

沉默着的楼宇，灯光
我走入冬天，走入暗淡的僻径
这些残枝，冷风
犹像我日常中严肃的生活
我会敏感，现在的景象
我怎能不屑一顾
去参照，而后又去体会

两边新置的现代派路基
原始的风貌铲除以后
这熟悉的路径
像掌心的纹，坠入迷雾

看着眼前的山峦，湖泊

仿佛有野兽在我身后

而此时那场柔软的雪

正下在我的北方

归鸟夜鸣

它们忙完一天的劳作

暮色下，那么多的啼叫声

没有夜视镜，它们怎能去穿越黑夜

哦，白天多么美好

它们出没在群山

从枝干跳跃到快乐的天空

它们游过溪水，又畅游于大海

或许它的左翅是在为自由而飞

而它们的右翅只为饥饿而翱翔

现在，到了最感沮丧的时候

四周一片漆黑

它们聚拢在香气的蜜巢

为这栖息之地而喋喋不休

哦，还有一只落在海上的鸟

突然被一阵乱风刮走

他走了

他在的时候，很少有人来

在那个阳光的早晨，他走了

他走了，有很多很多的人来了

他不是死了；这些带着哀怨的人来了

有人竟然为此嚎哭

那段时间　一茬茬的冤家

瞻仰着这三十平方米的空

没有人知道他去哪里

他带走了所有人的念想

偏偏忘带了他的嗜好，那坛老酒

外面已是落叶遍地

他独自走向将要冰冻的世界

那边没有阳光，也没有星星

那边下着一场无法挽回的雨

他不是自己走的，而是风吹走的

突然而起的一阵风

把他带到了海的另一边

在那里，他将努力着再一次重生

在象山大岭后

一

在乌云浮海的背后
我淋着四月映山红的雨
淡淡的海腥味
笼罩在一艘渔船上的村子
一大片海已埋在钢筋水泥之下
在山的另一面
视野里的绿　永恒未变
我夹在中间抽不出身体
珍珠般的海水早已流过心底
旧时的盐地腌了马鲛鱼
腌了我的脚趾丫
没有阻止前行的警戒符号
然而　我已到了天涯

二

乱礁洋

大大小小的岛屿

秀发蓬松的样子

像一只只伏着寻水的鸭子

在乌云的海中觅食漫步

盘旋的沙鸥有侵略的念想

我也贪心入戏

想做百鸟之王　一个岛主

渔船很远　海面平静

沙滩上有一只装满沙粒的凉鞋

一头死鲸睁着双眼

搁浅的渔船已经朽烂

一座座悲催的小岛望着我

我似乎听到它们空寂心碎的声音

我紧捏了一下口袋中的一枚硬币

三

一半的山　一半的海

渔船与我们

一个天空　半暗半明

一边的太阳　晒着另一边的渔网

礁石上的姑娘目眺着远帆

没有人向她招手

哎　什么时候才遇上避港的台风

我只是一个匆匆的过客

毫无逗留的意思

有着自以为是的自由和任性

大海空荡荡的　我也同样如此

在四月傍晚的腥风里

姑娘在等着她的白色飞鸥

而我在大海的口唇

重重地留下黑鞋子的印痕

四

穿过一个无人的山洞

绕过几道旮旯的山路

小村荡漾在云海里

静静的　毫无戒备

我来自北地的慈溪

虽同属一区，而素不往来

但这里的潮水热情依然

应和我内心的节律

崖树上的风多么温柔

茂林深处的小溪

冲向东南边的海浪

交织融合一种新的元素

五

爬上乱礁洋的顶峰

穷眺着茫茫沧海

文天祥不在了

早年的屯兵也不见踪影

唯一不变的或许只有经纬线

我在西边　美利坚在东边

太阳在南边，村庄在北边

风电的翼片在空中嗡嗡作响

让我忽然感觉一阵凉意

高处不胜寒啊

六

我们站在一个大海的缺口

映山红迎风飘扬

四月的黄昏依然很冷

整个大海的风　冲过没有设防的沙堤

把村庄吹得哗哗直响

但居住者们习惯了大自然的粗暴

他们如同在听美妙的音乐

他们说　这风有佛音

有诵经声，有敲打木鱼的梵音

远处的山海若隐若现

我探头朝东北角的观音望去

父亲

这么多年　你在忧草的丛中

我如交织的青藤　交织于思念的光阴

过去的　已无法修复

遗漏的依然阴冷潮湿

哦　你在那头　我下跪在日光的墓碑

听风撞击天空

那细瘦的古道　你单行的人生

为什么每次踏青

我的身体总会变得如此沉重

呼吸又会那样的急促

我为眼前的景象迷惘

意识恍惚　神情郁伤

我很不满你为何过早地离去

你抛弃这个世界的时候　记得正是春日

什么也没留下　战栗中

只知道你留下了一个乌鸦的天空

我不明白这么残酷的事情

又为何让我如此惦记你冷冷的错弃

死亡与爱　难道只有爱

才能令死亡逊色

难道唯有死亡

才能让爱越陷越深

风有静止的时候　是的　这道理我懂

哦　父亲　你随风而去　而我的思念

随风而至　一首诗

我在写一首追思的诗

写一首少一行就会崩塌的诗

如果少了这一行　我就会迷失

就不知自己从何而来

所以我无数次地念你吟你

从不觉得你已离我很远

在这个世界上

你来了，又走了

从原来的家里

你搬出去　去了哪里

我们充满不甘的心里

你从来未曾消失　是的

你依旧还在支撑这个家

岩石中最大的岩石，树中最高的树

不懂虚荣　更不会做白日梦

如今，隔着茫茫尘世

陪伴你的只是漫山的枯草

记得你曾挥尽全力

为了妻小，更为了尊严

哦，这正是我悲痛的源头

小时已明白，现在更明白

你损耗自己　从来只是为了他人

一屋子的人，一丁点的收入

记得你离去，宗族人的泪为之流干

活着的人都说你是个好人

这样的答案　我不感谢上帝

哎　不得已啊

你砌起了我们自己的　包括别人的

一栋栋温暖的黑瓦白墙

而你半截的生命倒塌了　散架了

我与你之间　这样的局面

意味着什么　你走了

成了别人眼中可怜的代名词

哎　我无法摆脱这些不幸的阴暗

翻来覆去的　如影随形的

在内心交融碰撞

要用什么才能擦去　而我又何忍心

多少年过去了　但块垒难消

这痛啊　潜藏在心里

早已超出了时空的范畴

唯一可以告慰的是

在晴空下　在烈风腥雨中

你的儿子们渐渐尝试着独立

学会像你一样坚强，执着

过着独立而又尊严的生活

你是否知晓这些　是否还关爱我们

虽然时间将世界隔为两个区域

在这现实的世界你的遗爱正常运行

雨水洒在半坡，经过墓碑的天风

吹响周边的空旷，又消失在黑暗里

你精神的松林毫无回声

而我的思念像繁枝

固执地萌生在荒芜的消退地带

无题

这个夜里
雨一直下个不停
我梦见一艘漂荡的船里
风雨　还有灯火
它们掺合在一起

雨声哗哗的　越下越大时
闪电　雷声涌进摇晃的船屋
乌云已被敲碎
他们很害怕
风正从四面八方呼啸而至

我是浮萍　为此担心着
另一个带有漩涡的泊湾

无话可说

镜头一

我们在一起聊天　谈天说地
一些八卦　像一桌上好的酒菜
王宝强是个农民工
旭日阳刚好也是农民
还有阿宝　朱之文　洪涛　钟蒙修……

一连串的名字　像流星划过大地
刺亮了我们单调的日常生活

农民怎么了
菜是农民种的　酒是农民酿的
走红的，是酒　走散的，仍是菜
他们精神无趣　生活贫乏
他们所付出的部分
成了嘲笑的对象
从而成为一个伤感无聊的话题

镜头二

来了一个我不曾谋面的陌生人
大家叫他"菲力先生"
一坐下就参与我们的话题
他声如洪钟　貌似神仙
说五百年后如何如何
出色的唱独角功夫　有朋友表示不满
——"哦亲爱的菲力先生
你去过唐朝吗？去过南海吗？"
于是一番南腔北调的争斗
讲到帝国大厦崩塌了　马航找到了
外星人确有此事
说着说着他找不到自己了

镜头三

他们说到天空　大地
也谈及鬼神　菲力先生海侃山聊
涂抹我们带着疑惑的思想

有朋友不以为然

示意我表示一下观点

——我沉默着

不想成为他们百科全书中的一页

他们入戏很深　很玄

从国家安危到民间疾苦

哦　外面起风了

而没人会在乎　那风是什么颜色

我无力关注和维系是非对错

朋友又一次用眼神暗示我

而我正静静地发呆

凝望着那么色彩斑斓的精神家园

一片流云掠过秋天的野草与芦苇

我依然没露声色

是的，世界很大，也很小

"跟你们什么都懂的人无话可说"

午夜列车

午夜列车穿过黑色的时间之海
带着幻梦中的王子和白雪公主

扭扭捏捏的车厢
如同婴儿的秋千床
列车挨着巨大的空气
在呜呜呜的尖叫

今生的夜会有多长
今夜的旅途像个童话

透过雨幕的车窗
沿途的村庄和一些不经停的小站
开着一盏盏灰暗的灯花
哦，大地已经睡下
而一些精灵还在如幽灵般出没

我从一座帝都的黄昏出发

一路振荡，一路致敬

黑色的时间之海

我在沉默中凝思，探索——

魔镜中的玫瑰和少女的香气

我是特意到此的

半夜十二点的小城覆盖着草木

那个动人的窗户灯还亮着

这蓝色的屋顶，我此行的目的地

回程

现在我就想着回去

过安检，托行囊

这是秋季，南方天空辽阔

没有受谁的指派

我注视周围流动的一切

我在云的天空翱翔

看见大地之光盖过所有的忧伤

一个漂泊者，他的老花镜上

有另一种声音，另一个世界

雨夜

咖啡屋的过道

遮帘如经幡一样的飘着

X 造杯的门前

风雨坠入草间　坠入空无的边地

咖啡中　晃动着一些绰约的人影

夜雨像一块黑色的水幕

揉捏在一起

打着呼哩哗啦的死结

一只节制的口袋

放着一张真理的信用卡

不知是否可以用来刷半桶啤酒

或向天空购买半杯的雨水

一个大眼睛的姑娘

她端坐在意外的风口

白色长裙遮着一件隐私之事

咖啡吹灭了我们的睡意
蓝光透过一张蔑视的面孔

那个幻想的过道
一个即将开启的宝盒
那秘密是什么，四周暗沉
谁也不知道，谁也没有回答

距离

从遥远到遥远
面包与月亮的距离
就像早晨起床
然后在星空下睡觉

白天与黑夜
无非是一个梦幻
与另一个现实的梦之间
无非是为一场新的恋爱
结束了另一场旧的情绪

那么，我让腕表指针静止
所有的事物
是否凝结，成为一张
暂时的缩影

然而，我已点燃的香烟

还在无休止地燃烧

我知道太阳的光芒还在倾斜

它离我们越来越近

它离我们越来越远

当腕表的指针重新启动

时光的列车从我眼前的隙缝穿过

一切皆在自然中转变

有些场景在延伸

有些在沉下去，让你永远看不到

然而另一些有趣的事物

如同星月，在反复出现

那夜在乱礁洋

在波涛的边缘　海的唇边
黑瓦白墙的村子长在半坡
潮水的头冠披着翠竹与松风
响尾蛇的古道上
如一条环绕的金子项链
后岭的山墙开着潮云的花朵
挡着欲裂的西风　北上的春雪

他们尾随着春雨而来
为一本书，为不死的潮水
三月的桃花错过了
大岭后的村子　一无所有
大海空荡荡的　毫无实体
拿什么作入诗的佐料
把空空荡荡的村庄埋进史书

韩高琦　李郁葱　俞强　史一凡　吴伟峰

这些诗人　既平凡又不平凡

那晚大岭后下着闪光的雨

他们乘着红高粱的酒兴

把乱礁洋泼到窗外

用礁石随便拼凑一个会议中心

让冷落的寒门顿生光辉

他们煮着潮水

嗑着金子的盐粒　确立原则的岩石

那一夜潮水很安分

几滴雨声陪着他们进入梦乡

乱礁洋飞了起来

渔船攀着朝霞在读一首原则的诗

可我仍然看见小岛淹在水中

来自太平洋的一群沙鸥

盘旋在紫外线的海域

在乱礁洋寻找上岸的码头

旅行在虚无的表面

一

中秋以后的傍晚　在江南

18 点 20 分　远方

黑洞洞的暮色

像一层隐形泡沫盖过来

瞬间　天空　大地

暗能量吞噬了所有的事物

我一旁的驾驶者　正在

穿过桥门　突然他说

"敢开大灯了"

我们被封锁在四岔道的公路

一会儿窜在左边　一会儿

又在右侧　如同疯狂地

追逐一个前方的伊人

风从左边转向右边的岔口

在一个岔口转入

航站楼的通道　天空黑暗

炫目的灯火

直迫我没有戒律的视线

两边的护栏

像我高耸的双肩　此刻

我们似乎正落在一艘航母的甲板上

极速的车轮

如一个正要起降的飞行器

我从未上过太空

但我看见的今夜如此高寒

二

靠窗 A 一的座位　头等舱

没去贵宾间　我喜欢

宽松的氛围　在候机楼

在庞大骨架的大厅来回走动

自由呼吸

在一家书店　想挑到一本好书
可都是些文化力士的杰作
我在表象浮华的空洞里
辨真识假　哦　所谓的大作
只不过是顾影自怜的镜子罢了

沿廊有一排黑色的按摩椅子
我坐上去　让这刻时光宁静下来
吱呀吱呀的椅子
这是什么意思的声音　像什么？
我在想　是天马行空声音
——难道椅子也有思想

三

航班准点而来
我还在吸烟室
匆匆吞下最后一口云雾
才匆匆进入引导的检票口

"先生您是头等舱的乘客

你可以选择坐贵宾专用车"

面包车里空荡荡的

我一个人独享如此的空间

是否与全球经济下行有关

难道　这趟737

非得让我贴上暴发户的标签

而我只想做一个最后的流放者

奢侈的消费　只会拯救一次低迷的消费

同时也不怀疑空中会遇上一朵纤云

四

这头等舱　空了七个位置

这又说明了什么？

空姐长得很高　很美

端上一杯来自天空的水

一条酒精味十足的湿毛巾

她俯下身子　凑在我耳边喃语

"先生，我帮您换双拖鞋"

我愣着　看窗外的荒地

飞机正要离开地平线

后舱普通座的反光里

有一束异样的目光望着我

通道上的遮帘被空姐有意识马上拉紧

分化了两个阶层

像对立的一阵风　一片云

"先生　起飞 15 分钟后　有送点心

如果您睡着了　是否可以打扰您"

这一切变得如此琐碎

哦　上帝　上帝也需要安静

我在红尘里沉沦惯了

身体无法承受这虚浮的表面

我凝视渐渐升高的天空

飞机正冲进一块巨石的云

我向云中的吧台要了杯轻晃的咖啡

——翻腾的云海

哎　我的阶层　天空如此孤寂

天堂有几层？

我像落在一枚飘零的叶片上

在训练中系在保险带的魂魄

五

我在九霄　重返源头时

把一轮弯月挂在城市的额头上

"莫兰蒂"让厦门变了

灯火照亮着整座城市

大自然之手修剪去了多余的枝杈

一些平日里隐藏的事物如梦初醒

我敬仰神力

一夜间它重塑了另一种风景

我们在"1978"喝着红酒

话题一直在停留在"莫兰蒂"

面朝大海的空中花园碎了

街路上的榕树　枇杷树倒了

我忍不住地问：舒婷笔下的那棵

著名橡树也断了吗？

"哥，你有没有发现

小树没倒，凤凰树没倒"

我的兄弟这样告诉我

是的，"树小不阻风"

凤凰树根深枝实，还有人心

我说不倒的何止这两种事物

次日早晨的公园

那些阿公阿婆依然在灾后公园打牌

那种从容不迫　镇静与坦荡

让我自感不如　如释重负

此刻我在忽明忽暗的异乡

望着秋风里涅槃重生的凤凰树

哦　上帝　谢谢你保佑他们

——当灾害测试灵魂时　这些

在恐惧中煎熬的无辜的人

黄山游记之一

一

从高铁北站出来
我咳嗽了两声
咳出来满天的乌云
黄山在五十公里以外
我穿过若隐若现的山峦之间
这个光芒的陌生之地，沿途的
徽派的风景，新鲜而奇妙
坐北向南的，白墙灰瓦的房子
长着如同折叠的翼翅，欲待飞翔

这些似曾相识的散漫景象
漫越过我的眼睛
我在赶去黄山的路上
经过已无状元的状元村
雨忽的大了起来

我迷失在一座破裂的古桥上
司机说，诸葛八卦村的千年牌坊
已毁于两年前的一场车祸

二

在阴暗的天光中看黄山
细雨绵绵，云雾笼罩
下午三点，诧异的山峦
仿佛正在休憩
黄山不黄，满眼的绿色
沉郁的密林里，没看见有花朵绽放
我静听大山，哗哗啦啦
那溪水在匆匆奔跑
一只长尾鸟掠过我的头顶
它惊奇地瞄了我几眼
转身飞去，山峰那么高
它还能飞到哪里去呢

三

住进温泉酒店 5202 的房间
窗外是怪石的，茂密的松林
我担心或有野兽出没
惧怕它们冒着绿光的眼睛
赶紧拉上窗帘，获得此刻暂时的安逸

四

早上起来时，队友已攀上山顶
我成了一个逃兵，或者
一件被人遗忘的物件
我丈量起自己
一米七的高度，65 公斤的重量
我怎能比肩黄山
即使能爬上顶峰
顶多也像一粒大山的石子而已
当然，我也不会想得那么伟大

五

下山的路上
葱郁的草木，山崖的残碑
车在云雾里不知拐了多少弯
这些长在两旁的竹林　野松子
为什么没有予以名分
为什么唯有最高处的莲花峰
莲蕊峰　光明顶才能称为风景
我不是站得最高的那个人
而令我内疚的是那些站在低处的人

在路上

旅客们都低着头
跟随队列顺从地移动
前面的过站口，如同要塞
后面的紧跟前面的
鸭舌帽、绒帽、毡帽
在我墨镜的反光里漂浮

一些孩子跳来跳去的
几只行李箱碰碰撞撞
阳光在外面
隆隆的声音在外面
有人在心里咒骂
晴朗的天空为什么实施空管

这么多年，类似的场景重复使用
它统辖了我部分的生活
无论是平地还是滑翔

对于世界所强行给予我的

尽量学会欣然接受

在路上，我一如往常

在人群里随遇而安

继续玩着我所喜欢的

那从无轨电车到高铁，到飞机的游戏

舜江边上的夜晚

浮声缭绕的夜晚

暗流弥漫在空气里

疲倦的风垂下来　乌啼渔火

划过耳际　点缀舜江的水面

此时　黑茫茫的天

像一张巨大的丝网　撒下来

罩住绵长的江水和这座千年古城

临江的单巷里余音缭绕

梧桐下有花灯自放

美女　帅哥　酒吧　茶肆

跳动着　扩张着他们超凡的魅力

在梧桐的巨伞下停下来

我坐在它左岸的地带

草叶在幽暗中跳动

哦　　夏夜如此动情

风伴着梦幻阵阵吹来

吹熄了恋人们缠绕的心事

——这适合肉体消费的靡靡之地

潜意识里，一切都未曾过去

尚记几年前的那场水患

漫上美女们胸沟的洪水

同样也漫过街道　广场和夜总会

并不理会现代化是什么意思

这破碎的光阴深藏在记忆中

从未见有消退的迹象

今天又有骇人的消息

尼伯特已在南方登陆

一路摧毁着村庄和城镇

我担心漩涡中无力自拔的生灵

然而　我们却在享受台风带来的清凉

仿佛这风雨与我们无关

仿佛我生活的城市已坚不可摧

仿佛曾经的悲剧从未发生过

我不想把这伤心事再继续扩大
此时　吉他手正生硬地摇摆身体
低沉　拖沓的声音
从电波中放大传出
我蹉起二郎腿　聊着欧洲杯
或脱欧是否会影响我的收入

任谁也无法遮住这现世的浮光
无数双迷惑的眼睛背后
舞美的霓光反射在圣女如金的指尖
有人竟因一杯红酒动情

这一刻　奔涌而出的是散漫与任性
哦　我在深呼吸　在做那么一次低叹的深呼吸

在夏天的林子里

在一片朴素的林子里
没有物欲，也不关乎名利
只有空气，光与蝉鸣

有鸟儿飞向天空
时而又回来
扑向茂盛的绿色海洋
蝉声躲在阔大的叶子
我在寻找它，那巨大的嗓门

我走过这个季节里的所有昭示

夏季真长，假期也漫长
曲径布满青苔，久留的凉风
也像我一样不肯离去

她们伴着我，摇摆、歌唱

而这一切都是免费的

现在我正拣起一片哀伤的枯叶
把它丢在舒爽的风里
——丢在这夏天的晚霞中

致少烟先生

这一刻我们忘却了长途的奔波

在希尔顿酒店的房间里

空悬在十一楼的落地窗内

午睡的鸟躺在一朵白云

它的高度与我们在同一个水平上

打开原装的澳洲红酒

夹在左手无名指上的

是国产的南京牌香烟

在撕开塑封的四川牛肉时

他动情回忆当年合肥的野生甲鱼

三十年前　　这个采蜜的人

曾到过这附近的郊县

那时我们尚在水深火热中

而他竟然提前过上了

社会主义的小康生活

一个典型的投机倒把分子
难怪他有超乎常人的精力

这个尝到甜头的弄潮儿
潮水越汹涌他就越兴奋
他是个幸运者
坐上一趟开满鲜花的时代列车
一路修炼　壮如巨鹿的身体

如今六十了　这大暑的天里
话匣子一打开，难免又要唠叨
那些风花雪月的事儿
我们顺着红酒的路线
进入他的情节　那滋味
像这夏天突来一阵凉爽的风

他打了一个酒嗝　有墨香的味道
还有厄洛斯和阿瑞斯的神力
他说应该带上一支毛笔
乘着酒兴　写下一生的不平
包括荒野采蜜时留下的遗憾……

就在前年的春天　一次事件

让他失去了左手的一个部件

另一只具有艺术感的手

因此而更见灵动

勾勒着《胆巴碑》的其中一节

曰"师从无始劫，学道不退转。"

注：厄洛斯、阿瑞斯为希腊神话中的爱神和战神

在紫荆港看桂花

在八月的天堂里
幽香初发　慈悲突如其来
它们隐于水边　自开自落
我有幸得邻　其妙何从

紫荆港的夜晚
暗香如此袭人
无数只轻柔的手
驱逐尘世的杂念

我没有防备
花香也不落痕迹
只有徒留体内的香气
在月光照耀下
那么香　那么轻
又那么纯净无染

等待

在漆黑的屋子
两个抽烟的人
看着彼此的影子
等对方来点亮往事

夹在指头的烟草
照亮各自脸上的委屈
他们需要阳光
害怕黑暗的心事

难以剪断的三十年
是线路问题　还是情感问题
总之，毫无准备地重逢
在已迁空的从前的村庄

暗地里还在较劲
眼眶却噙着泪水

记忆中还是那时的光景
磨破的伤口仍在淌血

他不停地划着火柴
而我说我们要老了
电流穿过寂寞的村庄
照亮各自怀着心事的白发

春雨

剥开我的青春地带
回忆　一部黑白的电影
"冰山上的来客
花儿为什么这样鲜"

一早　太阳升上来　升上来
晌午　乌云遮住阳光

那晚　鲜花盛开
雨冲走了操场上电影
冲散火焰般的约会

那年的荒地之爱
湿漉漉的青春在摇动

在夜色之间的描述

此时，霞光早已西沉

一棵沿街有布谷鸟的樟树下

一辆环保三轮

一个环保女工

一只追随主人的小黄狗

一颗初升的星，很近很明

我是从河水里看见它的光明

河岸布满青藤

岸上是个学堂

此时，灯光球场人满为患

热血青年们斗志激昂

在三轮工作车边上

那个女工刷着手机屏

小黄狗坐在车头

试着踩踏油门

它抬头仰望主人，仰望那颗星星

望着乌黑的河面

摇起了尾巴

那天早晨醒来

我稀里哗啦地起床
你很惊讶地望着我

如果让情感有个定义
就失去了甜蜜的想象

一只鸟停在窗外的树梢
它又咳嗽了几声
怎么翻译
但我喜欢听它清唱大观园的声音

车过河姆渡

那时文明的烟火深埋在南山

海水北撤　像奔走他乡

一条鱼掀起姚江的波浪

筏载人拨开野草的松林

后来那些野草慢慢长出了稻谷

陷入的地方　耸立起栏杆的茅屋

神秘者匍匐进出　他们用石头的刀

铭刻自己的影子

我用他们的石刀木矛

挖掘一口长满皱纹的枯井

哦　藏得真深……七千年

这里仍是灰白的世界

鬼魅的图案　燃烧着神圣的火焰

时光的列车拖着太阳的骨器

我参观他们的牧场　窑厂
摸了下勤耕的大象
喝了口黑陶器皿里的奶饮
我呆呆想着心事　说不出一句话

注视周边掩埋于地平线下的物件
奇妙的花饰和图案
简直让我无法相信　这秘境的人
是我的祖宗　我的祖宗
我无能为力　面对这么久远的天空

哎　差点忘了自己是访客的身份
这些物件默默地无视我的到来
一切仿佛注定要发生　粘连
哦　是否可以让时光再次倒流
让我坐上那艘奇妙的独木舟
重返这遥远的世界

这就是我的南山　两只象牙的鸟
穿过太阳的波纹　穿过各自遥远的眼睛
在隔世的窗口有缘相见

读着沉默已久的声音

读着隐形已久的蛛丝痕迹

河姆渡　璀璨古老的国殇

优化之中

在培训室，老师如簧的巧舌
清洗我不会散步的大脑
让我感觉一切都挺有意思

天气很冷，房子外在下雪
我们挨在一起，突然降临的暴风雪
把我们的身体压在一起
许多感触使血流加速流动

时间过得很快
超出了我平时的节奏
我们坐在原地思考
右脑勺抓破了皮
左脚却磨出了水泡

我深呼吸，对未来做深呼吸

我们沉浸在优化之中
培训结束时　雪也停了
他们是否出于真意
北风压过来，吹开另一种面具

在超乎想象的天空里穿行
汹涌的未来在澎湃
为了快速达成不断膨胀的目标
我把脚上的水泡挤破
踏着春雪奔向火焰的远方

夜对着我

一

黑夜对着我
唤醒我的睡意

四周朦胧一片
乌云之上的月
还有星星在飞
我喜欢和寂寞说话
所以，夜啊
你最适合我的存在

凉风一阵接过一阵
那早春的夜
我要陪它度过，陈述

此时，透亮的珠露有序排列着

试想，我怕过什么

尽管世界倾倒

但我仍然不是一个无家可归的人

二

在黑暗的车里

穿过丛林进入更黑暗的建筑

一个孤独的夜行者

一个秘密的修行客

我看见远处微光映衬

有人在借酒销魂

夜如此地充满想象——

在这春潮眨动之际

我把房间装扮得像夜

一样的黑　甚至更黑

看不见的月亮的灯照着我

它让我忘记那些虚伪者的名字

当然，它也可以安放我的

喧嚣与欲望

桃园居

一

你俯下身子　闻月饼的香气
今晚大海的波心
月亮正升上来
一些思念　在静静地升上来

二

没有霸占　没有僭越
我们在铺满银子样的
月光下的家园相遇
漾山江不一定是鱼儿的
天空也不一定只属于鸟类
伊顿庄园在共和国上面
而它只属于其中的一部分人

人有很多部分
他们要了我好的部分
就像此时，只允许少数人
贴近这光辉动人的月亮表面

三

人生如梦　梦如庄周
有一天　我羽化为一条金色的飞鱼
游弋在城市的西北郊
在月亮的蓬翼下停下来
这里风平浪静　惠风和谐
离我乡下的一些朋友很近
说不定他们闻到我滚滚的烟草味
也会追随月亮而来

四

宽广的漾山江由北向南的

伊顿庄园就搁在它柔软的左肩

夕阳落在水面的时候

这些年轻貌美的事物都随波轻晃

今晚妖娆妩媚的月色

合奏一曲宛如仙境的梵境之音

五

漾山江边　　如今一日千里

我在伊顿庄园

看人们种下了新的阳光

这树木与花草

如同种下一片美好的明天

鸟儿唧唧的　　它们来在我之前

英伦腔调的庄园

在等待陌生的主人

我只认识这个早晨的文明之光

而呼不出各自楼宇里光辉的名字

六

这里以前是轰隆隆的工业区

颠覆了生产队的稻田　棉花地

如今又驱逐走了这些顽固的工厂

我们算什么

这里曾经是波涛汹涌的海

我在这里要做什么

哦　不知是否有人会羡慕一个怀旧的人

七

我望着时间　没有确切的答案

一些外来闯入者

它们不相信我们睡在海上

而我的一生与大海戚戚相关

包括我所有的名字

你看今晚大海在升腾

月亮在浪花里跳起来

我静下心　聆听这潮水涌动的声音

在盐城遇龙卷风

一

天亮了　晨曦挨近地面
清风打开两岸绿柳的门
沁人的花香
与鸟叫掺合在一起
新的一天　盐城毫无忧郁之感

二

一条叫美味的河鲀鱼
打破了午休的水面
它尖叫地跃出了水域
仿佛要提示一些什么
然而　人们哪会在乎
这些晃荡的平常事物

三

没有迹象表明
北斗卫星云图上图像清晰
一抬眼之间
天空怎么会去掀翻一个庙堂
幽暗的物质又怎会去涂黑一个白昼
他们毫无知觉
做着与天地共存的永恒之梦

四

在下午两点半
风狂笑地聚拢起来
乌云的刀
指向阳光的关节
天空发出吱咯吱咯的声响

五

大地的局部开始遭到袭击

风裹住了小草　柳树

农田　村庄　厂房无法后退

风灰灰地压榨而来的时候

他们正坐在一棵树下

六

风气聚成一个巨型的黑色钻子

那极速之钻　钻开天体

一座庙堂被搅得四分五裂

人们连连惊呼

世界怎么了

我们如同尘埃　在飞翔

在旋转

分割着部分的肉体与灵魂

七

电闪　雷鸣　冰雹

房间在空中散架了

巨石如同漫飞的草叶

水泥的大道折弯了

天空的嘴巴

吸附着碧波的毛孔

八

这一切让我们无法安静

看　一些事物已经在裂变中告别

成了一堆无法组装的零件

然而　当天的额头高烧退去

数落这一节暗黑的礼物

一根根血色的肋骨

被重复地搬上了彩色的银幕

我们都在飞翔

没有人知道我们长出翅膀
大地在空中飞翔

星球与星球的距离
无非是一座山与另一座山的距离
无非是一双眼睛注视着另一双眼睛

地球　　太阳　　月亮
它们在各自的隙缝间晃荡

有思想者在天空中漫游
偏向另一个星都
火箭只不过比地球跑得快一点
而我们跑得不会比月亮慢半拍

银河之光如一条警戒线
如果地球的轮子燃起火焰

星星的红灯碾碎了

我们可能将去另一个宇宙

而我在这个黄昏飞翔

看另一个太阳在渐渐升起

风雨中的海域

一

乌云压着大海
礁石吻着浪花的舌尖
它们疯狂地交织在一起
没有露出丝毫的羞怯

一阵阵的乱风
推起似乱箭的浪潮
海　永远没有空寂的时候

二

远方有艘游轮正在经过
辉煌的灯火
如同海的眼睛

当你再一次回眸

那影子已挣脱海的怀抱

进入云中　还是已随风飘远

而有些心思如礁石一样

甚至比礁石藏得更深

三

海鸥们不畏风雨

翱翔在一对情侣的花伞上

女孩伸出脚趾

在沙滩画出一个心形

涛声风雨在见证她的爱情

而潮头冲上来　瞬间抚平了沙面

四

我们在沿岸的三楼上

看潮水碾碎乌云的雨

海的一角

我们在唠唠叨叨地私语

金门岛在左边

我指着右边鼓浪屿的背影

哦　在某年某日

一粒流弹炸烂了一艘捕鱼的船

五

在这风雨的傍晚

而我在怀想日落时的场景

目送潮水漫上飞翔的鸥翼

落在海面上的余晖

多么耀眼，如我偶然的诗兴

而此刻你正从远方赶来

六

涌动的潮水依然不肯平息

一次次经过我思想的核

折射在玻璃窗上的影子

这些重重叠叠的事物

真叫人不知如何面对

而幻觉如梦般地飞扬起来

月亮　玫瑰花铺满了蓝色的海面

爱情的宣言　潮水的声音

它们掺合在一起　正越拥越紧

趵突泉

这口泉水
一直为谁而流
我不会解释　像遭遇一场
突如其来的爱情
哦　我的前世与今生

没有人能给它
画一张流水的肖像
信仰或许只是内心的火焰
而泉水是液体，是纯洁
是来自母体的那份童贞

老杨树

在老杨树的头顶
栖息着两只燕子
在杨树的臂膀
有只蝉忽然大叫

燕子飞走了
风　空袭过来
摆动树的枝干
蝉飞走了
老杨树纹丝不动

一个白眉长者
坐在树影下讲故事
从他睁开第一眼看世界
老杨树已经这么绿了

一座城市的声音

在小山前　清澈的绕城河

流过老城墙，老影院

两条不同方向的归路

通向唐朝的南门

通向更早的南朝的北门

沿途的绿不分季节

层层叠叠的香樟，樱树，桂花树

人　车如游鱼一般穿梭其中

它们在说再见

在向十一月告别

我扣住如秀发的柳枝

期待下一季的景观图片

市中心的超市如同节日

挂着充满欲望的旗帜

旁边的咖啡店　落地窗洁净透亮

阳光投射在一个抽雪茄的人
他凝视着一缕烟
从他额头升起，又缓缓的消散
烟绕在夕阳上面消逝

一座红色的教堂依在小山肩
星期二这天我走过这里
没有听到有传唱圣歌的人
这肃穆安静的神圣之地
风正吹过灰色的高墙
紧锁的大门外
徘徊着一个需要救赎的人

小广场紧挨着教堂
那雕像不是上帝
一个威武雄壮的战士
横刀立马的样子
哦　他目光炯炯
似乎无视上帝的存在

此时的夕阳下　蚀骨的冷风

吹进城市　吹在行色匆匆的人们

我沿着河岸

凝视喑哑下来的万物

沙沙作响的树叶

哗哗流淌的河水

它们与其他的声音交织在一起

我被困在那么多的声音里

不知何时才能出来

晚归途中

前方的城市忽明忽暗
冷空气在摇晃

我驾驶在外环的高架上
从斜坡呼哧下来

过北城墙的时候
历史在我面前
我紧挨着它
掠过五百年的光景

前面的路，灯雨幻影
还有风从北方直灌而来
这个冬季
让我流出这么多的眼泪来

母亲的花

——献给所有未曾收到康乃馨的母亲们

哦　康乃馨
你为何到今天才开
母亲　已是满头白发

在她眼中的我依旧是个孩子
康乃馨　母亲也不知道此为何物
她说　这个五月咱家的田头马兰花又开了

母亲种了一辈子养家糊口的花　油菜花　棉花
如今让她最伤神的
大片的油菜花不见了
棉花地已被工业区覆盖了
母亲的花凋零了　桃红柳绿的岁月远去了

我来不及看她一眼　她的皱纹更深了
她没有余力　一切都在消退

然而她斑黄的回忆里始终开着马兰花

今天　她墙边开出了光芒的元胡花
那是我偷偷种下的　我知道母亲的心思
花钱买的花不叫花

流年无声　花开有音
母亲种了一辈子的花
她依然不知道康乃馨为何物

母亲花开在我心里　从来未曾褪色

那里很远　很远

我环绕在地球　要去哪里

深陷于这样的秘密

我所居的地方

洋式房子　外国脸型的汽车

还有放在八仙桌上的西式面包

哦　我在太阳月亮下面

挨着大风　浪潮　闪电——

摇摇晃晃的世界

这一刻我显示的位置

在电信塔避雷针的右侧

我抬头　斑马路的绿灯正在急闪

所属的信号　我无法对接左脑

来自遥远的　某个专辑上的信息

能走多远　用什么样的速度

去安放我躯壳的一根肋骨

——曙光正在渐渐地升起

我荒芜的灵魂　在淡淡地褪去

黑暗中的梦

一

我的知觉在慢慢沉寂
黑暗在睡去　我在睡去
烦恼在睡去　一些忧郁在睡去
河水在睡去　远方大山在睡去
鸟儿在睡去　城市在睡去

二

我忘了赞美
没有检点这一天的所有光辉
就要睡去　就要入梦乡
我习惯地拉灭热闹的房灯
原因是不想让灯火
打扰一个静谧者的梦

三

黑夜没有光　梦里没有光
我静穆地在昏暗的梦中挣扎
要离开混浊不堪的世间
我在祈求灯火
驱散那些无聊的身体并发症
一阵阵的惊悚与恐惧
那些没有光的影子飞向苍穹
哦，拉灭灯火的夜
你听不到这夜的梦话声

在高岗

睁开眼睛　所有的物象

笼罩在阴沉的雾霾

我夹在浑浑噩噩的其间

南方　山峦若隐若现

没有看见飞鸟

没有听到烈马的长嘶

我面向苍茫的大山亮开嗓门

云渐渐散去

鸟　结群飞向天空

阳光　爬上山峦

我再次大喝

传来天地战栗的声音

不可缺少

我可以

丢掉一切

但我不能丢掉爱

我最爱的故乡

我可以

丢掉一切

但我不可以丢掉你

我的祖国

而那些葱郁的草木

不能丢弃大地　正如我一样

局部之光

我划着一根接着一根的火柴
常记起小时候
潮湿的稻草焰引子，点不着灶火

我的小手浪费了那么多
凭票才能买到的火柴
荒芜的年代，妈妈说柴火很珍贵
我就少添了一把柴
好多时候我们在吃半生不熟的米粒
妈妈就沉下脸　叽里咕噜的唠叨

那时父亲也在不断地划着火柴
抽着凭烟票购买的大红鹰
在那种破烂滑塌的光景里
他也舍得浪费，哦，父亲
儿子如今才慢慢明白过来
那潮湿的岁月，更需要一根火柴的温暖

在那棵树下

我背靠七月
靠在那棵硕大的树上
而有人偏喜欢走进旁边的教堂

阳光在阔叶上
蝉在鸣叫夏天
周遭的世界，城市在熊熊燃烧
你也可以和我一起
来到这里，学习打坐
或用想象感受它的清凉

是的，我们在这风景当中
硕大的树，偶尔有风穿过
它给予我那么多的兴奋

而那些下棋者和看棋者
似乎同时陷入困境

他们低着头，对世界保持着警觉

我动情地围抱着它
把它搂在怀里
啊，我的身子多么充满活力
然而，它却毫无知觉

秋思

天空传来细碎的声音

哦　秋风瑟瑟

一些无法阻挡的愁绪

使着小性子　叮叮咚咚划过头顶

又到了有理由吟唱叹息的时候

又在第三季了

很多物种都在三季里消失

我的生命如今是第几季

登高眺远的秋日

犹如置身在宽广无垠的世外

看　繁华都在尽落

岁月在浩浩荡荡中流逝

我目光里的绿

那么悄然无声　又那么楚楚可怜

直视这个世界

许多事物在秋风里挣扎

它们的面目　本非如此

岁月像一把剔透的刀刃

——雕一粒眼泪

挂在萧索的草叶上

这一切如今落在我的眼眶

整合成一张晶莹的拼图

为什么　要把那么多的黄色涂在记忆上

世界植被在循环往复的系统里

隐约的绿在岁月中交替　蜕变

我念想有一场寒霜经停枫林

若有凤飞来　集香自焚于一处红叶

而后　又合翅　翩翩起舞

可我不为来世　也不为往生

——为何还要等

要等待一场分离的蜕变呢

多么曼妙动人的季节

云淡风轻　我在丛中怎肯出来

绿在转红　　红在转橙

橙又在转入一团焰火

我要变成什么颜色

人性本来又是什么颜色呢

并非这秋日里哀鸿的模样

只因我的躯壳误入红尘

灵魂早被一个又一个的俗念荒疏

人们理所当然地说　　这是秋思

而我说　　这秋思

是一次次有意识的出轨与放荡

秋天看上去如此之美

可日子依然荆棘密布

飘零的落叶依然在风中盘旋

而我自焚式的欲念

依然在肆无忌惮地弥漫　　横行

路线

春天的宴席散了　碰碎了两个酒杯
他们走出南门　我找不到北

两个岔道　护栏的一边是我
那酒杯　与我不是同个方向

俘虏

它们生来就有金嗓子和巧舌头
鸟类醒来的时候，天也亮了
如今公鸡的歌声已喑哑下去
城市的鹦鹉它长了鸡的头冠
它都忘了自己是谁
我在识别模仿秀是否真的存在
那么多的新生事物
我不知什么时候已被莫名的声音俘虏

在月河坊

一

是的　此刻我不知自己是行走还是飞翔

在江南柔软的时光里

生命如同水一样弯曲

而我的思想像春雨连绵不断

迟钝了的知觉又重新敏锐

听见河对岸的旧国街坊

金钱草长出铜钱的金属之音

二

石桥有三个拱式桥门

结满苔藓和时间

古代的能量总是出人意料

让所有见到你的人

都企望有像你一样的坚强基因

在我不安的时候　只要想着你

神奇的力量就会充溢我的心灵

三

北闸门　智慧的宣言书

在曲曲弯弯的流水上

截住前朝洪水猛兽的咽喉

守护这微不足道的一方净土

一滴水在这里被掰开两半

一条河流过这里变成两条河

而月河客栈就是水滴的反光

一件百年的旗袍上

绣着水乡湿润的图案

见证着我们前生今世的气象

黄昏，房子投影在水中

潜泳的鱼吞食科技时代的灯光

风景一如朝代不停变换

万物都在时间中无声褪色

而水的眼睛越发明亮

飘过有些无厘头的回忆

一

我的一个牙齿年久失修
老字号的牙科还在西街头
但马医师模样变了
诊所的招牌也由木质改为金属
门前的街道更是日新月异
一些无厘头的思绪因此纠缠
杂乱无章　我无法驾驭
我不是与时代格格不入的人
但仍旧无法坦然面对已改变的画面

二

比蛀牙更痛的是青春记忆
这里的一切曾经很柔软　水波清澈

现在河道已经消逝

一条原来的丁字路被挖开后

延伸到另一个熟悉而亲切的方位

在那个方位我曾引爆了第一次青春

或者说，吃了一个青涩苹果　伤了牙齿

现在站在这个路口　请允许我

用自己的蛀牙

向往昔的青春祭坛默然致祭

啊，那些丰茂的岁月，那些芬芳的容颜

三

国营鞋厂　钟厂

北桥头的印染厂　农机厂——

那时我们整天在这里厮混

小镇的时代广场，梦想集中营

如今曾经深爱的事物都不在了

我祭奠逝去的岁月

辨认早已淡去的青春

心神恍惚　不知留下了什么

我的牙齿掉了　青春也掉了
时间俘虏了我　而灵魂还在撒娇
但我不想驱动座驾返回从前
只想着那颗失去已久的蛀牙

鸣鹤之声

有一种声音很近

大概在我的习惯以外

原因在两个回声的岸上产生

一条布满皱纹的古街

有鹤儿在一直鸣叫

南山的空谷　　五磊寺

金仙寺的钟声敲响的时候

逗留湖面的夕阳也沉下湖底

这个傍晚　我看不见的寂静里

布满了数不清的鹤儿

还有它们清脆的鸣叫

我的兄弟们啊

当你们还逗留湖边　尽情眺望

你背后的金仙走了　弘一也走了

还有那几个叫不出名字的也不在了

只有湖水静静的　而我也习惯了沉默

在七月的小河边

七月的小河挨着斑驳的小道
挽住被清风吹歪的柳树
和我短发上压抑的火焰

一天的余晖落在我脚尖
一首挽歌被谁唱响
百米外的彩虹花园仍然清爽
白云在楼顶　鸟儿似归未归

是挽留还是再见
我短发上压抑的火焰又被谁看见
我将越走越远
最终像一个失联的丢手机者

圣诞手记

破巷里的这家咖啡馆

香樟树挡着

雪的窗子，哦圣诞要到了

那朵往日的红玫瑰不见了

咖啡屋并不显摆

右侧门柱有个苍白的缺口

留着一个酒鬼的影子

貌美动人的店主

她蓝色忧郁的眼神

百褶裙拖着地底

白羽毛的蝴蝶结

像朵翻滚的炙热的花火

仿佛可以融化任何一个背叛者

一只棕色的宠物狗

嬉乐她的裙摆

客人进来

她说 "你好"

小狗也汪叫两声

"先生喝点什么"

"哦 不喝啤酒

来杯蓝山 外加一份牛排"

小狗摇着尾巴 表示认同

咖啡很黑 杯体玲珑泛着桃花

瓷盘里一小点的丁骨牛排

边框上飞着两只相思鸟

金属质地的叉子泛着寒光

嘎吱 嘎吱 切着骨肉 切着夕阳

一对情侣说笑着

"你的草莓心 他的咖啡豆"

一曲《小城故事》落在地板上

客人像鱼游进来

又游出去

窗帘撩起来　　"欢迎"

光芒掠过人影　　"再见"

女主人甜美温婉的声音

与不同的人说着同一句话

有人问她的芳名

她说与花相关，与花同龄

啃着战利品的小狗儿

在嬉耍一支枯萎的玫瑰

看来这远比它招待客人更重要

但它对周围的事物又不失关心

不时地发出吱吱的响声

夜幕降临　　缠在香樟树上的灯带

像星星一样忽闪着

哦　　圣诞节　　上帝　　圣诞老人　　礼物

灯光始终没有伸出说话的舌头

蜜罐在旁边　咖啡不放糖又苦又涩

主人的语调　总是那么的温柔动人

有人说　她开咖啡店之前就失恋了……

然而她忽略了任何悲伤的表情

筌篌

1

她用一种不同的方式展现
随性而动，当这份手艺
拂过她的身体
秘诀也许只有她一个人知道

2

筌篌，怀旧的名字
我起初并未关注它
是否存在，就像弹筌篌的女孩
我也一样陌生
那嘟哝的弦乐
犹如花开的声响

3

她华容衷肠，衣袂飘飘

这似弯月的笠琴，撩拨

撩拨，瞬间飞絮满天

当我辨得其中意思

顿时满怀的唐韵宋风

4

我遇见的昨日如此美好

这靡雅之乐

让春夜慢下来，慢下来

此刻我拂去枝蔓，似乎有点醉

因而无法描述，这夜为何越来越亮

老宅

许久没有去老宅了
他们不知道我会过去
我拉开通道上
一层层蛛丝网的时候
那只蜘蛛逐地而逃
一只觅食的鸡，赶过来
我忙着把灯点亮
许多隐藏的岁月
童年的回忆
只剩下，这祖宗留下的唯一遗产
一个蚁穴，一个蜂巢

那时我选择离开，穿行在外
现在，我垂下头
在门前的梧桐下放缓步子
面对新的生活
然而旧梦无法解脱

这些斑驳的残壁

像岁月留在我脸上的皱纹

抹不平，抛不去

手段

灼热的天空，大地

是否太阳在越来越近

我们站在太阳风暴的中心

绿茵在枯萎凋谢

科学技术让我们无法安静

文明尚需多少技术改造

我把生命交给技术的绿色

但我要让它制造出我内心的快乐

制造出万年无期的长生世界

城市一角

一

老城门的北面　教场山
曾经烽火连天
如今点将台　已不见兵卒
人们无视它的存在

山丘不兴
旁边的建筑物高耸入云
在一些人的眼中
它只是一个屁股垫子
或踩或坐
多半把它当做暂时的小憩用具

大部分的时间里　小丘上
亭台空落
只有阳光或阴雨

还有作乱的风吹拂着零星的落叶

这个闲杂之地
除了聆听上帝的旨意
是晨醒者和赶夜人的天堂
那些练功修行的人搅动着它的神经
似乎这一切都为了证明
他们都活在神坛上面
而忽略了痛苦在喷泉中流出

二

那个旁边的教堂
在十二个月里
星期天　你能听到上帝的声音
唱着圣歌的信徒
他们始终认为唯有他才可以进入天堂
而一些路人　置若罔闻
住在十字架上的麻雀
常在鸣谢　它对天堂的理解

三

南墙的咖啡店

落在 T 字路的边沿

喝闲茶的人　大多不是绅士

他们陪着迷人的女人

在幻想的空间

微恋着附近的神

我坐在沉默里

面对河流

听教堂的钟声

喝着一杯用福音搅成的咖啡

时光从窗台滴碎

我有我的生活

他们关注的不是自己

在聊上帝　在说美国

这样的日子里

教场山松风轻荡　日光倾城

怀着理想的人与失望的人

他们与神混合在一起

又是七月

一

午后，蝉声甜蜜
我从骄阳中醒来

二

七月的脸
除了闪电，大风
还有铺满火炭的街道

三

此时的果实
远胜一杯咖啡

它更爽口更清凉

四

一个卑微的人
扶正半斜的身体
像一只扑火的飞蛾
直行，然后转弯
火场很深，何处才是尽头

五

烈焰的七月啊
美好的世间
我不想在欲海中游荡
烧掉忧伤
烧掉我一生犯的孽

六

七月风中的叶子下
一座城一座阳光下的丰碑
我的理想国
只是个攥在手中的角落
没有门，没有幻梦
下午两点，我如获新生

在初春的夜晚

一

夜，星光灿烂
南山上的月亮
搁在绿叶的丛中
抛进你的眼睛

二

万物在这一刻都在复苏
我站在它们中间
看群山的有氧运动
月光起伏地洒向遥远的天际

三

这时的大山挂着春的味道

树枝在荡来荡去

如一个瑜伽者的柔臂

我注视天地间盛大的节奏

拽住一股风

把月亮从左掌心推到另一个掌心

四

周围忽明忽暗

天地一片安静

顺着风的感觉

星星　齐刷刷地有序排列

月光在泛滥

浸淫着待放花苞的胴体

望海

海没有转弯，潮水笔直涌来
轰轰轰的潮头，这声音
像花朵一样绽放在海面
穿过空气，融进我的身体

迎面的风带着幻觉
落在一个望海者的窗台
一条弧线的海滩
前朝的影子
已被千转百回浪头冲刷干净
此时，几艘模糊不清的航船
它们会去哪里
我想远航，去太阳升起的地方

光阴静止，大海在飘动
航船渐渐远去，消失
那个初来的陌生客已失去平衡

面对宽广的大海
疑惑始终没有散去

是否，我可以融入海一样的宽阔
但这个下午，海面一片暗沉
我这封闭的，纠葛的情感
梦想中的蓝是否会继续升腾
哎，无法预知的未来
那海面上的黑与飞翔的白鸥
那黑白，如此地格格不入

遇见

没有遇见我要的空气或水

天光云影，沙河似梦似幻

这个周末，临近端午的日子

日光很笨，事物很重

那些在路上遇见的女人，像是粽子，花糕

我有我的喜欢

为此我可以不吃这些变了怪味食物

这个世界已很不堪，装不下干净的水

我看见天空经常落下灰色的泪珠

周围的说话风格，都带着阴暗的侮辱

我无力苟同，但也无法改变

那些存在，或不该存在的

总会被这潮湿不明的岁月，掩埋

现在，我要把这倒下的森林立起来

要把这些停止呼吸的鸟重新飞翔

石头在飞

一

在阴暗的世界
黑夜比白日更长
如果我藏在这样的地方
只剩下呼吸
烟尘缠绕的我，在风暴中心
这样，我可能也会飞

二

我感知世界的悲凉
哎，我的知觉，知觉
我会等下一阵风
等一只麋鹿
让风和麋鹿带着我

吹多远，又埋多深

三

我不喜欢孤独
烟，在我上面
尘，缠着我的身体
我在陷下去
然而我又会飞起来
碰到一块石头
我的肌肤，在石头的表面
风雨过后，我成了青苔
人们没看见我
他们看见的只是一块石头
一块永垂不朽的石头

四

我仿佛在一只受困船里

哦，什么时候才能醒来

我赤裸的身体裹住石头的裸体

黎明什么时候来临，未来

我还要经历多少的黑暗

那我阳光的手指

要伸出来，伸出来

我听到南山的泉水在祈祷

晶莹的晨露在唱歌

宇宙间白雾茫茫，一些石头在飞

绿

一

穿着绿色皮衣的
那时叫火车
现在叫绿皮火车
把它叫成这样
听起来似乎更亲切了

那时沿街的建筑物
绿色的邮电局让人印象深刻
那邮筒，站在街口
像箭筒，寄人们于希望
还有传达平安的消息

那时的解放军叫叔叔
全身上下全是绿的
绿帽子绿鞋子

绿色衣裤

一副威武神气的样子

那时候我也有一件军绿外衣

一件仿制的绿色军服

那时的这些绿，植被在我心里

就连我灵魂，也染成了绿色

二

如今我才知道

那时我们为什么吃野菜

因为野菜也是绿色的

为什么那时要天天吃红薯

只因红薯也是红的

精神回家记

1

岸上的时光被流水一一过滤
哦，我的孩提时代
全身沾满黑乎乎的泥浆

时间悄悄经过这里
在此岸沉淀，在彼岸消融

沿途石桥，村庄辉映
母亲在河埠淘米，洗衣
父亲起早，担菜叫卖街头

2

我和它之间

那河水变得越来越窄了

模糊了起来

但我的怀想越来越宽

越来越清晰

这奔涌的水域，充满荣光

3

一个喜欢嬉水的人

他的童年，少年的肌肤

常钻在这片水域

岸上的街头

是醉了，累了，栖憩的地方

4

这水域我无力辨识它的年代

是什么时候掘出来的

它养育了这里祖祖辈辈的人

直到有一天我长大

我藏着这流淌在心中的圣水

远走天涯，立志衣锦回乡

5

十里长河，长街十里

河水流过前朝

流过两岸的炊烟

驶向热切的苍茫大海

一个游子的思乡之魂

像一朵涟漪，缠绵悱恻

6

时光匆匆，河水未移

星月相伴，三生三死

岸上长街十里

游子走出，转而想起

7

此刻，我又经过河岸
那些漂浮物在我头顶蠕动
清澈的河水已在久远的
另一道光线之外

8

河岸上铁业社，阀门厂
万亩棉地，麦香，已无迹可寻
飞翔公司更名搬迁
一个新的方太已展翅高飞
这片圣土，略施粉黛
金线的阳光，雀跃不息

9

我迷失在这些实证面前

记忆里的一些残存

让我失去原本的快乐

当初的炊烟，飘向何方

每当我身在天涯念你

我流浪的心地

变得光明宁静

10

曾经我赖以生活的农场

它已不在，那我少年的尘埃

我的前缘，空落的怀抱

我眷恋，我回望

熟悉的容颜

铺着石板的街道，理发店，老影院——

11

时光让我们必须选择这个结果

河道只为历史而流

而历史是人为的

12

岁月如歌，十里长河烟云聚散

那天外之色

七彩的金丝草帽早已远渡重洋

"神聪"杨贤江

那吹息的生命，只为一个民族

我们永远不会忘记他

这艘飞翔的思想之船

还在长河之上

——不断哺出惊世的辉光

13

从方东村西至塘湾

这河水清新活跃

漫过我的半生

在另一扇时代之门

时光流逝，峰回路转

我的心历，请岁月鉴记

滩涂上崭新的未来

14

当我再次回到潮塘之上

那十里长街依然那么瘦健

长河如梦，缠绵悱恻

我想对它说

我愿不再离开，你是我的星宿

我仍然是你的孩子

后记

　　一样事情重复做，就觉得平常了。这是我的第三本诗集，已没有第一本出版时的兴奋，好像出本诗集是件再平常不过的事情了。

　　时光如梭，一晃写了五年的诗。但说起来很惭愧，诗艺尽管有所变化，但似乎很难逃脱习诗者普遍的通病，或新意不足，或技巧有限，间或还有无病呻吟之嫌。总之一句话，自己看看总是不满意。有人说，如果要让一首诗真正插上翅膀飞起来，没有深厚的文学功底，或灵动的想象空间，几乎是不可能的。是这样吗，好像应该是的，又觉得不全是这样。

　　数量方面，我或许可以算是一个高产者，这些年陆陆续续写下的，加起来也有六百多首了，尽管算不上什么大作，但要写出这么多来，实在也是很不容易的。因为我不是专业的文艺工作者，我是一个生意人，整天有忙不完的事情要做，有时深夜都要迷迷糊糊爬起来接几个电话，写点诗歌纯属忙里偷闲，把平日里少到可怜的一点属于自己的时光，用写诗的方式来充实精神生活罢了。

写了这么多的诗，自然有好有坏，有待他人评说。但最让我感到欣慰的，是一首具有特殊意义的诗，就是收入这本集子里的《父亲》。不是说这首诗写得如何好，而是作为一个儿子对早已离去的父亲多年积淀的情感，一种深深的追忆，终于获得了倾诉。因父亲走的时候，我还只有十六岁，在漫长而艰辛的时间流程中，追思之念从未停止过，总想给父亲交代点什么，又不知如何才能更好地表达。终于有一天，所谓功到自然成，"灵感"出现了，于是就很自然地倾泻到了纸上。尽管相对还比较粗糙，也不想多改，作为一个喜欢文字的人，写首诗给逝去的父亲，应该是对亡灵最好的交代。

问题写了《父亲》以后，不知什么缘故，没有了以往随时都想写的冲动，回过头来一算，几乎有大半年时间没写诗了，连自己都吓了一跳。难道是这首诗耗费了我所有的才华？还是上天让我学会写诗，只是为了写出这首内心最想写的？如果真是这样，那么以前写的所有其他那些，只是为这首《父亲》作铺垫作嫁衣的？

当然，这是比较极端的想法，其实也不尽然。近时写得少，肯定有很多原因，其中比较主要的一个，就是主观上为了把诗写好，读了大量的国内外名家的诗作。真是不读不知道，一读吓一跳。把自己的诗作与之相比，我都不知道写的算是什么了。这差距让我望而却步，让我踌躇不前。想起以前有位老师对我说，写诗不一定要读很多的书，似乎也还是有些道理的。

我不才，所以怀疑自己。但我肯定还会握笔再写，别人的长处能学就学，学不了也没关系，不会去刻意模仿，更不会因辞害意。就像当初刚写的时候，什么也不知道，只管把心里想说的写出来，自己觉得痛快就行了。

是的，我敬仰天才和大师，但我更敬仰自然而然的生活本身。

鱼跃

二〇一八年五月写于某次会议间隙

图书在版编目(CIP)数据

大地之光盖过所有的忧伤/鱼跃著. —上海:上
海人民出版社,2020
ISBN 978-7-208-16358-4

Ⅰ.①大… Ⅱ.①鱼… Ⅲ.①诗集-中国-当代
Ⅳ.① I227

中国版本图书馆 CIP 数据核字(2020)第 036930 号

责任编辑 赵荔红
封面设计 人马艺术设计·储平

大地之光盖过所有的忧伤

鱼跃 著

出	版	**上海人民出版社**
		(200001 上海福建中路 193 号)
发	行	上海人民出版社发行中心
印	刷	常熟市新骅印刷有限公司
开	本	890×1240 1/32
印	张	5.5
插	页	6
字	数	71,000
版	次	2020 年 5 月第 1 版
印	次	2020 年 5 月第 1 次印刷

ISBN 978-7-208-16358-4/I·1879

定	价	58.00 元